AR AIS ARÍS

Muireann Ní Bhrolcháin

Cló Iar-Chonnachta,
Indreabhán,
Conamara.

An Chéad Chló 1991
An Dara Cló 1996

Clúdach:
Fearghas Mac Lochlainn

Dearadh:
Micheál Ó Conghaile
Seosaimhín Ní Chonghaile

Teideal le Don Foley

Faigheann Cló Iar-Chonnachta Teo., cabhair airgid
ón g**Comhairle Ealaíon.**

Clóchur: Cló Iar-Chonnachta Teo., Indreabhán,
Conamara. **Fón:** 091-593307 **Fax:** 091-593362
Priondáil: Clódóirí Lurgan Teo., Indreabhán,
Conamara. **Fón:** 091-593251/593157

Do mo Mháthair Mairéad, le grá, a spreag
an scríbhneoireacht ionam ar dtús

LEIS AN ÚDAR CÉANNA:

Maolíosa Ó Brolcháin, An Sagart, 1986
An Bád sa Chuan, Cló Iar-Chonnachta, 1990

Rút

Chuir Rút an eochair i ndoras an chairr agus chuir sí faoi ghlas é. *Fiesta* deas dearg. Dhá bhliain d'aois. Thaitin léi carr nua a bheith aici. Ní raibh clann ná cúrám uirthi agus d'fheil sé di. Bhí sé beag, saor agus réasúnta tapa. Bhí aithne ag Rút ar fhear a chuir caoi ar an gcarr nuair a bhí gá leis. Níor tharla sé sin rómhinic. Ní bheadh sé de dhánacht ag carr trioblóid a thabhairt do Rút. Go deimhin, ní raibh sé de dhánacht ag aon duine, ainmhí ná meaisín, trioblóid a thabhairt di. Sin an saghas duine a bhí inti.

Chuir sí a mála ar a gualainn. Ní mála láimhe a bhí ann ach mála cáipéisí inár choinnigh sí na cásanna a raibh sí ag plé leo faoi láthair. Bhí sí gléasta go néata — casóg dhúghorm, sciorta den dath céanna agus léine bhán. Bhí stocaí dúghorma uirthi mar aon le bróga le sáil bheag a bhí ar aon dath go díreach leis an gcasóg agus an sciorta.

Bean réasúnta óg í, tríocha cúig nó sé. Ní insíonn sí d'éinne go díreach ach tá cosúlacht i bhfad níos óige uirthi. Ghlacfaí léi mar bhean sna fichidí go fóill. Tá a craiceann mín, a súile mór, geal agus gorm. Ní chaitheann sí smideadh d'aon saghas go fóill. Deir sí go milleann sé an craiceann agus go bhfanfaidh sí go dtí go mbeidh sí daichead. Tá a gruaig dhonn tarraingte siar óna haghaidh. Níl sí gearr agus ní féidir a rá go bhfuil sí ard. Tá a corp dea-chumtha, cé gur deacair é sin a fheiceáil agus na héadaí a chaitheann sí. Aon fhear a chonaic í i gculaith shnámha, nó a chaith an oíche léi, baineadh geit as nuair a chonaic sé an corp slim, banúil a chlúdaigh na héadaí de ghnáth. Ní raibh sí ard, cúig troithe ceithre horlaí nó mar sin. *Petite* a tugadh uirthi go minic agus bhí sí sásta leis sin. Bhí fuaire áirithe ina haghaidh agus cé go raibh sí cairdiúil, mhothaigh a cairde gur beag di féin a lig sí riamh leo. Chuir sé sin as dóibh beagán, nuair a bhac siad smaoineamh ar a leithéid.

Chuir sí an eochair i ndoras an árasáin agus d'oscail é. Lig sí osna sásaimh agus í ag siúl isteach tríd an halla beag cúng. Thaitin léi a bheith ina cónaí anseo. Theastaigh uaithi le blianta cónaí a bheith uirthi ina leithéid d'áit. Bhí urlár iomlán aici sa mbloc árasán seo a cheannaigh sí bliain ó shin. Bhí na tionóntaí agus úinéirí eile díreach cosúil léi féin. Daoine réasúnta óg, an chuid is mó acu gan pósadh, nó pósta gan leanaí. Bhí roinnt daoine níos sine ina gcónaí iontu freisin. Ach ní raibh madraí, cait ná leanaí ag éinne sna hárasáin seo. Sin mar a theastaigh sé uathu agus bhí Rút an-sásta leis an réiteach sin. Bhí cistin bheag ann agus gach orlach de glan, sciomartha. Bhí an ghráin aici ar shalachar agus bhí sí féin néata, glan i gcónaí. Ní árasán mór a bhí ann. Bhí an seomra suite agus an seomra bia ceangailte leis an spás cistine. Ach chinntigh sí go raibh seilfeanna ann le briseadh a chumadh idir na hionaid éagsúla.

"Dathanna ciúine, suaimhneacha iad seo," a dúirt sí lena cairde nuair a dhearaigh sí an áit i dtosach. "Tá glas agus bán suaimhneach. Is féidir liom smaoineamh anseo." Bhí an ceart aici ar bhealach. Bhí an dearadh suaimhneach ach bhí dreach míshásta ar an árasán iomlán. Ní raibh éinne in ann a dhéanamh amach cén fáth.

Seo an saghas árasáin a bhféadfaí cuairteoir a thabhairt isteach ann ag nóiméad ar bith den lá nó den oíche gan imní a bheith ar dhuine go mbeadh fiú páipéar nuachta as áit! Ar ndóigh, is ar éigean a mhair Rút san árasán ar chor ar bith. Chaith sí uaireanta fada ag obair agus roinnt mhaith ama le cairde agus le Mark.

D'iarr Mark uirthi é a phósadh anuraidh. Nuair nach raibh sí sásta glacadh leis, d'iarr sé uirthi bogadh isteach ina theach in éineacht leis. An freagra a bhí ag Rút ná an t-árasán seo a cheannach. Fógra a bhí ann dá neamhspleáchas féin, fógra do Mark agus don saol ina iomláine.

Smaoinigh Rút air sin arís nuair a leag sí a mála sa halla beag. D'éist sí soicind. Ciúnas!

Nach raibh sé sin go haoibhinn. Bhí an pictiúir ar an mballa as áit. Shín sí amach a lámh chun é a shocrú. D'fhág sí an mála taobh thiar di san halla agus shiúil sí isteach sa seomra suite le deoch a líonadh di féin. Ní bheadh dinnéar aici. Bhí dinnéar aici i lár an lae agus bheadh cupán tae agus ceapaire nó anraith aici sa tráthnóna. Chuir sí an teilifís ar siúl. Rinne sí é sin gach tráthnóna nuair a tháinig sí isteach. B'annamh a d'fhéach sí ar chlár iomlán ach d'fhág sí an fhuaim ar siúl. Níor thuig sí go raibh sí ag iarraidh an ciúnas a líonadh. Níor thuig sí fós chomh huaigneach is a bhí sí san árasán trí-sheomra gan éinne sa leaba, gan glór linbh. "Níl am agam pósadh go fóill," a dúirt sí le Mark. Thuig seisean an teilifís agus an ciúnas. D'fhan sé mar gur chreid sé go n-athródh sí a hintinn ar chúis éigin sa deireadh. Níor thuig cairde Rút cad a choinnigh an bheirt acu le chéile. Uaireanta níor thuig Rút ach oiread. Thuig Mark. Ba leor sin.

Bhuail an fón.

"Helló?" arsa Rút.

"Bitseach! Gheobhaidh mise tú! Tá mé ag faire ort! Tá mé in ann tú a fheiceáil ag an nóiméad seo..."

"Fucáil leat!" arsa Rút go borb agus phlab sí síos an fón. Sheas sí in aice na fuinneoige ag breathnú amach ar an tsráid taobh amuigh. Bhí carranna ag filleadh abhaile ón gcathair fós cé go raibh sé leathuair tar éis a seacht. Bruachbhaile a bhí ann. Bhí formhór na ndaoine ag obair i mBaile Átha Cliath agus níor chaith siad ach an deireadh seachtaine ar an mbaile beag seo. Ba mhinic a d'fhill siad ar a mbaile dúchais ar an Aoine ag filleadh arís ar an Domhnach.

Sheas sí fós ag an bhfuinneog ag breathnú amach. Bhí a croí ag bualadh agus a craiceann fliuch fuar faoina héadaí oibre. Shiúil sí go dtí an seomra folctha chun an t-uisce a théamh. Mhothaigh sí salach. Bhí an ghloine fuisce fós ina lámh. Dhóirt sí ceann eile nuair a shroich sí an seomra suite. Bhuail an fón arís. Bhí drogall uirthi é a fhreagairt ach phioc sí suas é.

"A bhitseach! Dúirt mé leat go raibh mé ag faire ort! Ní gá duit breathnú amach an fhuinneog! Ní fheicfidh tú mé! Ach feicimse tusa! Feicim tusa agus an "fancyboy" sin atá agat! Feicim sibh sa leaba! Nach deas na fo-éadaí a cheannaíonn tú!" ...

Phlab Rút síos an fón. Bhí sí ag croitheadh anois. Rith sí go dtí an seomra leapa. Bhí trí cinn acu san árasán. Ceann acu in úsáid mar sheomra oibre aici agus an ceann eile ullmhaithe i gcónaí do chuairteoirí. D'oscail sí an tarraiceán. Tharraing sí amach na fo-éadaí. Bhí níos mó airgid caite aici orthu san ná ar on bhall éadaigh eile. Síoda a bhí iontu de ghnáth. D'fhéach sí thart.

"An raibh sé anseo?" Labhair sí os ard. Chuir fuaim a glóir féin faitíos uirthi.

"Cén chaoi a bhfuil a fhios aige faoi na fo-éadaí? Cad a dhéanfaidh mé? A Chríost! Cad a dhéanfaidh mé?"

Shuigh sí ar an leaba. Thosaigh na deora sa deireadh. Trí seachtaine a bhí na glaonna gutháin seo ag teacht. Níor labhair éinne go dtí inniu. Anois bhí a fhios aici cé a bhí ann. Ba dheacair di é a chreidiúint. Go bhféadfadh John í a leanacht go dtí an t-árasán seo. Cén chaoi? Ba chuma. Bhí sé ansin, ag faire, ag féachaint, ag fanacht. Bhí sí ag cur allais ach préachta fuar. Bhuail an guthán arís.

Mar a bheadh dealbh ann, shiúil sí go dtí an guthán agus phioc suas é. Ní dúirt sí faic. D'fhan sí le John, glór John tar éis deich mbliana.

"Helló? Rút? Rút? An bhfuil tú ansin? Freagair mé!"

"Mark? Ó... Mark ..."

"Rút? Cad atá ort? Cé eile a raibh tú ag súil leis? Rút! Freagair mé. Cad atá cearr?"

"Ó... faic... ghortaigh mé mo mhéar... agus bhí mé sa seomra folctha ... bhain an guthán geit asam ..."

"An bhfuil tú cinnte go bhfuil tú ceart go leor? Tiocfaidh mé ..."

"Ná déan!"

"Beidh mé ag teacht go luath ar aon nós," dúirt Mark.

"Em..." Níor chuimhin le Rút cén socrú a bhí déanta acu don oíche seo.

"Nach cuimhin leat? Táimid ag dul amach ... le haghaidh deoch, sin an méid."

"Ó sea. Is cuimhin liom anois. Ceart go leor."

"Beidh mé ansin ag leathuair tar éis a naoi. Ceart go leor?"

"Beidh sé sin go breá Mark. Slán. Feicfidh mé ansin tú. Slán."

"Slán. Tá tú cinnte go bhfuil tú ceart go leor?"

"Táim." Bhí sí in ann gáire a dhéanamh anois. "Ná bac liomsa. Tá mé go breá. Beagán tuirseach. Beidh folcadh agam. Beidh mé go breá."

Chuir sí síos an guthán go mall. Mhothaigh sí go raibh a cosán chuig an domhan taobh amuigh dúnta. Mhothaigh sí na súile ag faire uirthi tríd an fhuinneog.

Níor thug Rút faoi deara go raibh carr seasta taobh amuigh den árasán ná níor thug sí faoi deara an fear ina shuí sa charr agus an guthán ina lámh aige. Chuir sí an meaisín freagra ar siúl ionas nár ghá di an fón a fhreagairt a thuilleadh. Ní raibh súil aici le haon ghlaoch eile anois.

Luigh sí lomnocht ar an leaba agus fo-éadaí glana ina luí in aice léi. Dubh a bhí siad. Ní chreidfeadh a cairde gur chaith Rút a leithéid faoina héadaí néata, stuama. Bhí

13

tarraiceán iomlán díobh ar an leaba faoi
láthair. Níor ghlan sí suas iad mar ba
ghnáth. Bhí faitíos uirthi go raibh John tar
éis a lámha a chur orthu. Go raibh sé tar éis
dul trína cuid éadaí uile.

Stán sí ar an tsíleáil. Rinne sí iarracht a
haigne a ghlanadh ach tháinig na cuimhní ar
ais chuici. Líon a haigne le cuimhní. D'ól sí
an fuisce sa ghloine throm chriostail in aice
na leapa. Thóg sí toitín agus las sí é. Ní
dheachaigh sé lena híomhá gur chaith sí.
Níor thuig éinne anseo cén fáth. Thuig Rút.
Ní fhéadfadh sí an saol a sheasamh gan iad.

Shiúil sí go dtí an seomra folctha. Ní
fhéadfaí an halla a fheiceáil ón tsráid. Ní
raibh imní uirthi go bhfeicfí í nocht. Thaitin
léi breathnú ar a corp. Cé go raibh sí tríocha
sé bhí a corp óg slim gan marc na haoise air
fós. Bhain sí taitneamh as a cosa fada, a bolg
díreach, a cíocha beaga dochta nach raibh
rian na mblianta orthu. Ní fhéadfadh sí a
shamhlú go mbeadh sí sean go deo.

Líon sí an folcadán agus chuir sí ola ann.
D'fhéadfadh sí salachar John a ghlanadh óna
corp. Bhí an ghloine fuisce i lámh amháin
agus toitín i lámh eile. Luigh sí siar san
fholacdán agus lig osna aisti. Anois, cad a
déarfadh sí le Mark? Ní fhéadfaí a bheith
réidh le John. Ba chuma cad a rinne sí deich
mbliana ó shin. Bhí sé ar ais. Bhí a fear céile
ar ais. Bheadh sé sa tóir uirthi arís. Níor inis

Rút aon ní do Mark. Ní raibh a fhios aige, ná ag éinne eile anseo go raibh sí pósta tráth. Nuair a cuireadh John sa phríosún deich mbliana ó shin, nuair a rinne sé iarracht Rút a mharú agus nuair a d'éirigh leis an leanbh a bhí á iompar aici a mharú, d'éirigh léi post eile, baile eile agus teach eile a aimsiú. D'éirigh léi an chuimhne a dhíbirt. Beagnach. I lár na hoíche, thagadh na cuimhní ar ais agus ghlaoigh sí ar Mark le haire a thabhairt di. Í a shábháil óna taibhsí a bhí i bhfolach i ndorchadas na hoíche. Thuig Mark ansin go raibh gá aici leis. Agus d'fhan sé léi.

Fiona

Bhí Fiona ina suí sa charr taobh amuigh den bhloc árasán. Bhí an dearg-ghráin aici ar na bloic seo. Níor thuig sí riamh cén fáth ar theastaigh ó dhaoine maireachtáil ina leithéid. Ní raibh pearsantacht dá laghad acu! Bhí siad uile mar an gcéanna. An troscán a chuir daoine iontu, mar a chéile. Mar a chéile an dearcadh a bhí ag na daoine a mhair iontu. Ní raibh fuaim le cloisteáil sa tráthnóna samhraidh, seachas corrcharr ag filleadh ón gcathair. Lig sí osna agus chas an raidió as. Chuir sí téip sa téipthaifeadán. Janice Ian. Thaitin sí go mór léi. D'imeodh an t-am beagán níos tapúla sa chaoi sin.

Luigh Fiona siar sa suíochán agus dhún a súile soicind. D'oscail sí arís iad. A leithéid! Bhí sí anseo le faire ar uimhir 6. Sin árasán 6. Ní fhéadfadh sí a súile a dhúnadh. Thóg sí amach an leabhar crosfhocal a bhí aici ina mála mór ina haice. Bhí sí feabhsaithe go mór le dhá bhliain anuas! Bhí an t-am ann nuair nach bhféadfadh sí crosfhocal ar bith a dhéanamh. Anois bhí sí níos fearr ná aon chara léi. Bhí sí i bhfad níos fearr ná Michael! Bhíodh sé ar buile nuair a bhí sí in ann "Crosaire" a dhéanamh níos tapúla ná é. Michael bocht! Ní fhaca sí anois é le beagnach seachtain! Bhí sí chomh gnóthach sin. Ach bhí an t-airgead uathu. Bhí an cíos an-ard. Ró-ard is dócha.

Chonaic sí an fear as uimhir 6 ag teacht ina treo. Bhí an bhean in éineacht leis an tráthnóna seo. Bhí a lámh ar a gualainn agus bhí sise ag crochadh as. Bheadh scéal aici don bhean chéile amárach! An bhean bhocht. Ceathrar clainne aici agus an fear céile ina chónaí san árasán seo le cailín óg ocht mbliana déag.

"Uaireanta ní thuigim cén fáth a ndéanaim obair mar seo!" smaoinigh Fiona léi féin. Thóg sí amach an leabhar nótaí as an mála agus bhreac sí síos an t-am. Leath-uair tar éis a hocht. Is ar éigean a bhí sé le haithint ar an solas go raibh sé chomh deireanach sin. Tráthnóna álainn samhraidh. Nach trua go mbeadh droch-scéal aici don bhean chéile. Bleachtaire príobháideach í Fiona. Ba bheag duine a chreid í nuair a d'inis sí dóibh gur chaith sí uaireanta an chloig ag faire ar fhir, agus ar mhná go deimhin, agus í ag cinntiú don chéile go raibh siad mídhílis. Ach bhí uirthi a admháil gur bhain sí taitneamh áirithe as. "Tugann sé cead dom faire ar dhaoine eile agus ar a saol gan cáineadh ó éinne," a dúirt sí lena máthair. "Sin a dhéanann gach éinne in Éirinn. Ach tá ceadúnas agamsa!"

Gháir a máthair fúithi. Ní fhéadfaí a

bheith suas le Fiona, fiú agus í ina gasúr.

"Tá sé sin ait," arsa Fiona léi féin. "Tá an carr sin páirceáilte ansin arís. Is é an fear céanna é freisin. Nach ait? B'fhéidir go bhfuil seisean ag faire ar dhuine éigin freisin? Is cosúil go bhfuil. B'fhéidir gur chóir dom labhairt leis. D'fhéadfaimís faire le chéile."

Agus í ag faire ar an gcarr, d'imigh sé. Rinne sí iarracht an fear a fheiceáil ach níor éirigh léi. Ghlac sí uimhir an chairr agus chuir sa leabhar nótaí é. Nós a bhí ann. Ba dheacair di stop a chur leis.

D'iompaigh sí an téip. D'fhéach sí ar a huaireadóir. A naoi a chlog. Bheadh mo dhuine ansin go dtí thart ar a deich. Ansin rachadh sé féin agus a chailín go dtí an pub. Ansin d'fhéadfadh sí imeacht. Bheadh sí críochnaithe leis seo go luath.

"Fan soicind! Cad é sin? Nó, cé hé sin?"

Chonaic Fiona fear ard, caol, fionn ag siúl i dtreo na n-árasán. Bhí léine dhúghorm air agus bríste den dath céanna. Bhí an ghruaig níos giorra ná mar a bhí sí nuair a bhí siad ar Ollscoil le chéile, ach ba é a bhí ann. Léim sí le háthas.

"Tá sé cosúil le Mark! Mark Duffy! Cad atá ar siúl aige anseo? Ní fhaca mé le blianta é!"

Gan smaoineamh ar an jab a thuilleadh, léim Fiona as an gcarr agus scread. "Mark!

18

Mark Duffy! An tú atá ann? Is tú? Cad atá ar bun agatsa anseo?" Rith sí ina threo agus chaith a lámha thart air. Bhí Rút ag faire orthu trí an fhuinneog.

Is trí thimpiste a chonaic sí iad. Is ag faire ar John a bhí sí, nó ag iarraidh John a aimsiú. Ar ndóigh, bhí seisean imithe. Léim a croí le scanradh nuair a chonaic sí an cailín ag caitheamh a lámha thart ar Mark. Bhí éad uirthi.

"Cé? Cé sa deabhal? Cad atá ar bun ... Fiona?" arsa Mark. "Fiona atá ann, nach ea? Cad sa deabhal mór atá ar bun agat anseo?"

"Mise a d'iarr an cheist i dtosach. Freagair tusa i dtosach! Cén fhaid atá sé? Sé, seacht mbliana?"

"Tá mé ag obair anseo," a d'fhreagair Mark ag féachaint uirthi.

Thug sé sracfhéachaint ar an bhfuinneog. Bhí Rút ag faire orthu. B'fhearr dul isteach.

"Féach," ar sé le Fiona. "Tá mé ag tabhairt cuairt ar bhean sna hárasáin seo. Tar isteach liom. Rút is ainm di."

"A!" arsa Fiona, ag gáire. "Cailín ar deireadh."

"Sin í Rút ansin. Ag féachaint amach an fhuinneog. Ag croitheadh lámh linn. An dtiocfaidh tú isteach?"

"Ba bhreá liom é," arsa Fiona, "ach ní féidir liom. Tá mé ag obair."

"Ag obair?" arsa Mark. "Cén saghas oibre?

Amuigh anseo?"

"Tá mé ag obair mar bhleachtaire príobháideach," a d'fhreagair Fiona go bródúil. "Anois! Nach gcuireann sé sin iontas ort?"

"Ní chuireann!" Gháir Mark. "Bhíodh tú ag faire ag gach éinne san Ollscoil! Ceisteanna agat i gcónaí! Anois is féidir leat faire ar éinne is mian leat!"

"Tá aithne an-mhaith agat orm, nach bhfuil?" arsa Fiona ag cur lámh thart ar a mhuinéal arís.

"Ná déan é sin!" arsa Mark. "Tá Rút ag féachaint orainn."

"Bíodh aici!" arsa Fiona. "Sean-chara, sin a bhfuil. Féach, seo m'uimhir ghutháin."

Thóg sí cárta as a póca agus thug sí dó é.

"Cuir glao orm agus rachaimid amach le chéile. Nuair nach bhfuil mise ag faire ar fhear atá mídhílis dá bhean!"

"Sin atá ar siúl agat? Déanann daoine é sin i ndáiríre?" a d'iarr Mark. "Cheap mé..."

"Tá a fhios agam!" arsa Fiona. "Cheap tú nár tharla sé sin ach sna leabhair. Ach tarlaíonn, creid uaim é!"

"Cuirfidh mé glao ort. Cinnte. An bhfuil tú pósta?" arsa Mark.

"Níl," a d'fhreagair Fiona. "Ach tá mé féin agus Michael le chéile fós. Is cuimhin leat Michael, nach cuimhin?"

"Is cuimhin cinnte! Agus tá sibh le chéile

fós? Nach bhfuil sé sin go hiontach!"

"Níl a fhios agam an bhfuil sé go hiontach," arsa Fiona. "Ach tá an t-ádh linn ceart go leor. Féach, caithfidh mé dul i bhfolach sa charr arís. Feicfidh mé tú, tá súil agam?"

"Feicfidh, cinnte. Sin geallúint. Abair le Michael go raibh mé ag cur a thuairisce."

"Déanfaidh! Slán anois." Agus rith sí léi i dtreo an chairr.

D'fhéach Mark ina diaidh agus ansin shiúil sé i dtreo an árasáin. Bhí súil aige go mbeadh Rút ag mothú níos fearr. Bhí sí chomh hait sin ar an nguthán tráthnóna. Agus ní raibh sí rómhaith le roinnt seachtainí anuas. B'fhéidir go raibh sí ag obair róchrua. Bhí an doras oscailte aici nuair a tháinig sé chomh fada léi. Bhí sí ag breathnú go hálainn. An ghruaig scaoilte aici anois tar éis a bheith san fholcadán. Bhí na héadaí oibre bainte aici agus péire géine uirthi agus léine bhán oscailte thart faoin muineál. Bhí a cíocha le feiceáil go soiléir. Rug sí greim docht air agus tharraing chuici é. Níor mhinic a rinne sí a leithéid go poiblí. Chuir sé áthas ar Mark agus rinne sé dearmad aon rud a insint di faoi Fiona.

3. Mark

"Cérbh í an cailín taobh amuigh den árasán?" a d'fhiafraigh Rút de níos deireanaí agus iad sa phub. Mhothaigh sí neirbhíseach agus rug sí greim ar lámh Mark. Chuir sé seo iontas agus áthas air.

"Bhuel, ní chreidfeá é!" arsa Mark. "Bhíomar ar Ollscoil le chéile, tamall ó shin anois agus ní fhaca mé ó shin í. Cuir geall cén obair atá ar bun aici?"

"Níl a fhios agam!" a d'fhreagair Rút, ag ól a as gloine lágair. "Cén chaoi an mbeadh a fhios sin agam? Bhuel, inis dom."

"Tá sí ag obair mar bhleachtaire! An gcreidfeá é? Bleachtaire! Ní raibh a fhios agam go raibh a leithéid in Éirinn, gan a bheith ag trácht ar mhná ag obair mar bhleachtairí!"

"Agus cén fáth nach mbeadh bean ag obair mar bhleachtaire?" arsa Rút go láidir. "Uaireanta, cuireann tusa déistin orm. Is "male chauvinist" tú taobh thiar de uile!"

"Ní hea!" arsa Mark. Bhí díomá air. Dá dtosófaí ar an ábhar cainte seo, bheadh argóint ann agus is ina leaba féin a bheadh sé ina chodladh anocht. "Rút, ná tosaigh air sin! Bhí iontas orm a chloisteáil go raibh bleachtairí dá leithéid ann ar chor ar bith. Sin an méid. Fir nó mná."

"Ceart go leor. Ní bheidh muid ag argóint," arsa Rút agus leag sí a méar go héadrom ar chúl a láimhe. Bhí sí ciúin ar feadh soicind. Níor theastaigh uaithi go n-imeodh Mark anocht. Don chéad uair le deich mbliana, bhí faitíos uirthi an oíche a chaitheamh léi féin.

"Cén t-ainm atá uirthi?"

"Fiona, Fiona Ní Bhroin," a d'fhreagair Mark. "Ar mhaith leat deoch eile?"

"Níor mhaith go fóill. Bíodh ceann eile agat féin más mian leat. Níl fonn óil orm anocht."

"Ceart go leor."

Las Rút toitín agus í ag féachaint ar Mark ag siúl i dtreo an bheáir. Cad a dhéanfadh sí? Níor theastaigh uaithi aon rud a rá le Mark. Bhí súil aige í a phósadh agus níor thuig sé cén fáth nach raibh sí sásta. Cad a déarfadh sé nuair a thuigfí dó go raibh sí ag ceilt rúin mar sin air? Sheas sé go hard os cionn an tslua. Chrom sé go tobann le labhairt le fear ag an gcuntar. Bhris meangadh gáire ar a aghaidh, meangadh leataobhach ar thit sí i ngrá leis an chéad uair a chonaic sí é. Bhí na roic le feiceáil go soiléir timpeall ar a shúile agus ar a leicne nuair a gháir sé. Roic a léirigh go raibh sé níos sine ná mar a cheapfaí i dtosach. Bhí Mark pósta cheana. Bhí a fhios sin aici. Maraíodh a bhean i dtimpiste cairr agus ní raibh páistí ar bith acu.

Ansin a chonaic sí John. Bhí sé i mbun

an bheáir ag stánadh ar Mark. Bhí sé ina shuí leis féin agus gloine fuisce os a chomhair. Is le John a thosaigh sí ag ól fuisce an chéad uair, nuair a bhí siad ag dul amach le chéile i dtosach. Níor thuig sí ag an am go raibh fadhbanna ag John agus gur ól sé i bhfad an iomarca. Bhí nimh sna súile aige agus é ag stánadh ar Mark. Chonaic sí a lámh ag breith ar an ngloine os a chomhair. Sin a dhéanfadh sé nuair a bhí sé chun í a bhualadh — ba dhóigh léi gur inné a tharla sé bhí na cuimhní chomh grinn sin ina haigne. D'fhéach John i bhfad níos sine. Bhí an ghruaig dhonn imithe liath. Bhí a dhroim beagán cromtha. Bhí na héadaí caite, gan slacht. Ní fhéadfadh sí a shúile ná a aghaidh a fheiceáil go soiléir. Bhí sé rófhada uaithi. Ach shamhlaigh sí an fhuaire ina shúile, fuaire agus fuath. Chas John le féachaint uirthi. Ní fhéadfadh sí a súile a bhaint de. Ní fhéadfadh sí a hanáil a thógáil. Cheap sí gur stop a croí. Rinne sí iarracht a súile a tharraingt uaidh. Gháir sé léi agus d'ardaigh a ghloine san aer ag beannú di. D'ól sé an fuisce, d'éirigh den suíochán agus shiúil sé ina treo. Rug sí ar an suíochán lena dá lámh. Ach shiúil sé thairsti, gan focal, gan súil a chaitheamh ina treo. Scaoil sí lena hanáil, las sí toitín agus a lámha ag croitheadh, ansin d'ól sí siar an ghíoine lágair.

"An bhfuil tú ceart go leor Rút? Tá do

dheoch críochnaithe agat," a gháir Mark.
"Rút! Cad atá ort? Tá tú chomh bán leis an
sneachta!"

"Faic, tá mé ceart go leor. An b'fhéadfá
gloine fuisce a fháil dom? Bhí mé ag mothú
beagán lag. Tá an pub an-lán anocht, nach
bhfuil?"

Tháinig na focail amach go tapa, ceann ar
cheann. D'fhéach Mark uirthi go fiosrach.
Bhí rud éigin ag cur as di le roinnt laethanta
anuas.

"Gheobhaidh mé an fuisce duit," ar sé sa
deireadh agus d'imigh leis i dtreo an bheáir.

Luigh Rút siar sa suíochán agus lig osna
aisti. Bhí uirthi rud éigin a dhéanamh. Na
gardaí b'fhéidir. Ach ní raibh cruthúnas ar
bith aici go raibh John ag cur as di. Ní
fhéadfadh sí a chruthú gurbh é a bhíodh ar
an nguthán. Chlúdaigh sí a haghaidh lena
lámha. Mhothaigh sí deora agus anbhá ina
scornach. Shlog sí siar na deora nuair a
chonaic sí Mark ag filleadh ina treo.

"An bhfuil tú cinnte nach bhfuil aon rud
cearr?" ar seisean agus é ag cur lámh taobh
thiar dá droim. De ghnáth tharraing Rút
uaidh agus dúirt go mbeadh daoine ag
breathnú orthu. Anocht luigh sí ina choinne
agus leag a ceann ar a ghualainn. Thug sé
barróg di.

"Ar mhaith leat dul in áit éigin don
deireadh seachtaine?" ar seisean tar éis sosa.

"Cén áit?

"Bhuel, d'fhéadfaimís dul go Baile Átha Cliath agus dráma nó pictiúr a fheiceáil. Ansin béile a bheith againn roimh ré, nó ina dhiaidh."

"Ó. Cheap mé..." Bhí Rút ag stánadh uaithi. Níor chríochnaigh sí an abairt. D'fhéach Mark uirthi.

"Cad a cheap tú?"

"Go m'fhéidir go bhféadfaimís imeacht don deireadh seachtaine. Fanacht in áit éigin. Cill Mhantáin... áit éigin mar sin."

"An dtiocfá? Níor theastaigh uait imeacht riamh cheana."

Bhí teach samhraidh ag deartháir Mark i gCill Mhantáin agus bhí sé le bliain ag iarraidh ar Rút dul ann in éineacht leis. Dhiúltaigh sí i gcónaí, ag rá go raibh sí ró ghnóthach. Ba í an fhírinne nár thaitin léi castáil lena mhuintir. Níor thuig sé cad ba chúis leis an athrú croí ach bhí sé sásta.

"Cuirfidh mé glao ar Mháirtín amárach. Déarfaidh mé leis go dteastaíonn uainn dul síos," arsa Mark go sásta. "Tá tú cinnte? Ní athróidh tú d'intinn?"

"Táim cinnte," a d'fhreagair Rút. "Ar mhiste leat má théimid abhaile go luath? Nílim ag mothú rómhaith."

"Tá brón orm" arsa Mark. "Cinnte. Rachaim abhaile. An bhfuil tú chun an deoch sin a chríochnú?"

"Táim," arsa Rút agus chaith sí siar an fuisce. Smaoinigh sí di féin go raibh an iomarca á ól aici. D'fhág sí an pub agus lámh Mark thart uirthi. Ní dhearna sí sin riamh cheana.

4. John

Níorbh fhada a bhí le siúl acu. Ní raibh an pub ach timpeall an chúinne ón árasán. Sin a thaitin le Rút faoin mbaile. D'fhéadfaí siúl i ngach áit. Ní raibh gá le carr nuair a tháinig sí abhaile.

"Tiocfaidh tú isteach?" ar sí ar Mark.

"Bhí súil agam go bhféadfainn fanacht," arsa Mark agus thug sé póg di agus iad fós ar an tairseach. Níor thaitin an réiteach seo leis in aon chor ach bhí sé sásta cur suas leis ar feadh tamaill eile.

B'annamh a d'iarr Rút air fanacht sa teach. Bhí air féin é a lua ar gach ócáid. Chuir sí an eochair sa doras agus shiúil siad isteach.

Bhí an dá charr taobh amuigh de na hárasáin. Bhí Fiona fós ag faire ar an bhfear in uimhir 6. Níor fhág sé féin agus a chailín an t-árasán ar chor ar bith anocht. Bheadh uirthi fanacht tamall eile. Bhí déistin ag teacht uirthi leis. Chuir sí téip sa téipthaifeadán arís agus líon sí cupán tae di féin. Níor mhiste léi braon branda ann ach ansin thitfeadh a chodladh uirthi.

Chonaic sí Mark agus Rút ag filleadh agus iad ag pógadh ar an tairseach taobh amuigh den doras. Roimhe sin chonaic sí an carr céanna a bhí páirceáilte ansin níos luaithe. Bhí an carr i bhfolach beagán ón mbóthar agus bhí an fear imithe isteach sna hárasáin. Ní raibh sé de chúram uirthi a bheith ag faire airsean ach ba nós léi anois faire ar gach éinne thart uirthi! Cén fáth a raibh an fear sin ina shuí sa charr níos luaithe? Cén gnó a bhí aige san árasán? An raibh sé ina chónaí ann?

"Stop ag smaoineamh ar dhaoine eile!" a dúirt sí léi féin go crosta. "Coinnigh d'intinn ar do ghnó féin!"

* * * * *

Chuaigh Rút agus Mark isteach san árasán in éineacht. "Fan soicind go gcuirfidh mé an solas ar siúl," a dúirt Rút. Chonaic Fiona an solas á lasadh sa halla agus ansin sa seomra suite. Níor tharraing Rút na cuirtíní agus chonaic sí iad ina suí ar an tolg. Bhí sí in éad leo. Bhí siad le chéile agus ar tí dul sa leaba. Mhothaigh sí Michael uaithi.

"Ar mhaith leat deoch?" arsa Rút ar Mark. Shiúil sí i dtreo an bhoird a bhí os comhair na fuinneoige. D'fhéach sí amach an fhuinneog. Mhothaigh sí go raibh duine éigin ag faire uirthi, ach ní fhéadfadh sí éinne a fheiceáil. Níor thug sí faoi deara carr John, ná Fiona ina suí go ciúin ina carr féin.

"Is cuma liom," a d'fhreagair Mark. Sheas

sé taobh thiar di agus chuir sé a lámha thart ar a cíocha. "Tar go dtí an leaba in éineacht liom?"

"Fan soicind," arsa Rút. "Tabharfaidh mé deoch isteach liom."

"Téigh tusa sa leaba. Tabharfaidh mise deoch isteach duit," arsa Mark.

"Go raibh maith agat."

Thosaigh Mark ag líonadh gloine fuisce. Thit an ghloine as a lámh nuair a chuala sé an bhéic as an seomra leapa. Rith sé as an seomra.

"Rút! Cad atá ort? Rút! Rút!" D'fhéach sé thart air.

"Cad sa deabhal? Cad a tharla anseo? Rút! Rút?"

Bhí sí ar a gogaide sa chúinne agus í ag caoineadh. Gan fuaim aisti, bhí deora móra ag titim as a súile. Rith sé chuici agus d'ardaigh ina seasamh í. Bhí an seomra tarraingte ó chéile. Bhí a cuid fo-éadaí uile stractha, stróicthe ar an leaba agus scian chistine os a gcionn. Bhí Rút ag stánadh ar an mballa.

D'iompaigh Mark.

"A Chríost mhilis! Cé a dhéanfadh a leithéid?"

Bhí teachtaireacht scríofa i bpéint ar an mballa.

"Bitseach!" a bhí scríofa ann. "Gheobhaidh mise tusa. Bitseach." Bhí Rút ina bhaclainn

30

aige mar a bheadh leanbh. Bhí sí ag gol os ard anois. Bhí sí ag béiceach. Níor chuala Mark riamh í ag béiceach. Ní fhaca sé riamh í ag gol.

"Seo, seo," a dúirt sé. "Glaoifimid ar na gardaí. Béarfadh siad air. Fan go bhfeicfidh tú."

"Ní chreidfidh siad mé! Dúirt siad go raibh sé leighste! Ní chreidfidh siad mé!"

"Tá a fhios agat cé hé?" aras Mark agus alltacht air. "An bhfuil tú ag insint dom go bhfuil a fhios agat cé hé?"

"Chuala mé a ghlór! Bhí sé ar an bhfón!"

"Cén fáth nach ndúirt tú liom, Rút! Cé hé? Cé atá á dhéanamh seo?"

"Chuala mé John! Is é a ghlór a bhí ann! John a bhí ann!"

"Rút, freagair mé! Cé hé John? Cé a rinne é seo?"

"M'fhear céile," arsa Rút go traochta. "M'fhear céile. Anois tá sé uile ar eolas agat..."

"Seo, tar amach sa seomra suite. Glaoifimid ar na gardaí. Bíodh deoch agat. Glanfaidh mise suas an seomra duit."

Thug sé í go dtí an seomra suite agus chuir ina suí ar an tolg í. Líon sé gloine fuisce di agus thug na toitíní di as a mála. "Tóg go bog anois é. Tá tú ag rá liom go bhfuil tú pósta? Cén fáth nár inis tú sin dom? Cad a cheap tú?"

"Bhí tusa ag iarraidh mé a phósadh. An bhfuil naipcín ansin? Thall ansin sa chistin..."

Fuair Mark naipcín di.

"Ar aghaidh leat... inis dom."

"Bhí faitíos orm... faitíos go n-imeofá dá n-inseoinn duit. Ní féidir liomsa tú a phósadh. Tá mé pósta cheana féin ... le trí bliana déag."

"Tá sí pósta ... pósta liomsa," a dúirt an glór taobh thiar dóibh. D'iompaigh Mark. Scread Rút.

"Sin é é ... Tá sé anseo!" Cogar a bhí ina glór anois.

Shiúil John isteach sa seomra. Chonaic Rút an fhuaire ina shúile gorma, an ghruaig a bhí bearrtha an-ghéar, an léine shalach, ghioblach. An béal cruálach agus an meangadh fiáin. Líon a bolg le tinneas. Chodail sí leis an bhfear seo. Luigh sí sa leaba chéanna leis. D'éirigh sí torrach. Stán sí air. Ní fhéadfadh sí a súile a iompú uaidh.

Níor chuimhin léi go soiléir cad a tharla ina dhiaidh sin. Shiúil Mark chuig an bhfón. Ní dúirt sé focal. Shiúil John go mall ina threo. Tharraing sé an fón as an mballa le lámh amháin agus rug sé greim ar Mark leis an lámh eile. Cheap Rút gur tharla sé uile go mall, cosúil le "action replay" ar an teilifís, ach caithfidh gur tharla sé go tapa. Bhí Mark ard ach bhí John níor láidre i bhfad ná é.

Phioc sé an vása den bhord ina aice agus gan focal, gan fuaim, bhuail sé Mark sa cheann. Thit sé ina chnap ar an urlár. D'oscail Rút a béal ach ní fhéadfadh sí screadach. Bhí a scornach tirim, dúnta. Shuigh sí ar an tolg gan bogadh.

"Bhuel anois, a bhean chéile!" arsa John. "Níor thóg sé i bhfad ortsa fear eile a fháil duit féin. Níl mórán maitheasa ann an bhfuil? Cé chaoi ar féidir leat codladh le fear mar sin? Nárbh fhearr leat fear breá láidir cosúil liomsa?"

Shuigh sé síos ar an tolg ina haice agus chuir sé a lámh thart uirthi. Chuir sé a bhéal ar a beola agus thosaigh á phógadh. Thosaigh sé ar an léine a tharraingt dá guaillí. Tharraing Rút siar uaidh, ag iarraidh a smaointe a chur in ord.

"Cad atá ort? Cúthail? Tógfaidh sé tamall ort a thuiscint go bhfuil mé ar ais, nach dtógfaidh?"

"Tógfaidh," arsa Rút. Níor thuig sí cárbh as ar tháinig a glór.

"Seo, ba chóir na cuirtíní a dhúnadh," arsa John. D'éirigh sé agus shiúil i dtreo na fuinneoige. "Ní theastaíonn uainn go mbeadh éinne ag faire orainn, an dteastaíonn?"

"Is maith liom iad a fhágáil oscailte," arsa Rút.

Tharraing sé na cuirtíní go borb agus gan focal shiúil sé ar ais chuig Rút. Bhuail sé í go láidir trasna an éadain. Scread sí. Bhuail sé arís í. Ní dúirt sé focal. Chonaic sí an pléisiúr ina shúile. Thuig sí cad a bhí ag teacht. Bhí aithne aici air. Scread sí arís agus rinne iarracht rith i dtreo na fuinneoige. Bheadh duine éigin ag dul thart. Strac sí an cuirtín agus scread arís. Rug John ar a lámha agus tharraing siar í.

"Ná bí ag iarraidh na comharsana a tharraingt orainn," ar sé go fíochmhar. "Ba mhaith liom grá a dhéanamh le mo bhean. Tá mé i dteideal é sin a dhéanamh tar éis deich mbliana, nach bhfuil?"

Bhí Fiona ag breathnú ar an bhfuinneog. Ní raibh dada ag titim amach in uimhir 6 agus bhí sí ag faire ar Mark agus Rút. Chonaic sí John ag teacht i dtreo na fuinneoige agus ag tarraingt na gcuirtíní.

"Tá sé sin ait," a dúirt sí léi féin. "Táim cinnte gurb é sin an fear a chonaic mé sa charr níos luaithe. An fear a chuaigh isteach sa bhloc árasán níos luaithe. Cén fáth a bhfuil sé istigh san árasán ag Mark? Cá bhfuil Mark?"

Tháinig imní uirthi. Ní raibh sí cinnte cén fáth. D'fhág sí an carr agus shiúil i dtreo na fuinneoige. Chuala sí an bhéic a lig Rút agus an iarracht a rinne sí an cuirtín a oscailt arís. "Tá rud éigin cearr," a dúirt sí léi féin. "Anois táim cinnte go bhfuil. Bíodh an deabhal ag uimhir a 6 go fóill. Caithfidh mé dul isteach."

D'fhéach sí thart go tapa. Ní raibh éinne thart. Rith sí ar ais chuig an gcarr agus thóg sí a mála amach. Thóg sí roinnt uirlisí as agus chuir ina póca iad. Shiúil sí go tapa i dtreo an tí. Níor thóg sé rófhada an glas a oscailt. Gnáthcheann a bhí ann, gan aon deacracht. Chuaigh sí isteach agus dhún an doras ina diaidh go ciúin. D'fhéach sí thart uirthi. Bhí sí san halla. Bhí an solas fágtha ar siúl ag Rút. Bhí an doras os a comhair oscailte. Chuaigh sí isteach sa seomra leaba.

"Wow! Tá fear fiáin againn anseo," a dúirt sí léi féin. D'fhéach sí ar na fo-éadaí scriosta. "Anois, cad is féidir a dhéanamh? Fón. An bhfuil guthán anseo?"

D'fhill sí ar an halla. Ní raibh faic ann ach mála cáipéisí Rút ar an urlár san áit inár fhág sí é tráthnóna.

"Ó... bí cúramach!" ar sí go híseal léi féin.

Chuala sí fuaim ag teacht ón seomra suite. D'fhill sí ar an seomra leapa. D'fhéach sí thart uirthi. Ní raibh aon rud trom le feiceáil. Is ansin a chonaic sí an scian chistine ar an leaba. Gan smaoineamh phioc sí suas í. Sheas sí taobh thiar den doras.

"Fan John! Beidh deoch againn!"

Chuala sí glór ban ag teacht aníos an halla. Bhí an bheirt ag teacht as an seomra suite! Tharraing sí siar. Thosaigh a croí ag preabadh. Bhí faitíos uirthi don chéad uair. Níor chas a leithéid d'fhear uirthi riamh cheana. Bhí aiféala uirthi gur tháinig sí isteach. Cén fáth nach bhféadfadh sí aire a thabhairt dá gnó féin! Ní raibh éalú ar bith anois!

"John! Nár mhaith leat deoch?" Bhí glór Rút ciúin, béasach, gan sceoin le cloisteáil uirthi. Bhí meas ag Fiona uirthi. Ach níor éirigh le Rút stop a chur leis. Tharraing John isteach sa seomra codlata í. Mhúch sé an solas.

"Anois! A bhean chéile! Tá cearta agamsa mar fhear céile! Agus rinne mé fada go leor gan iad! Nach tú an bhitseach bheag bhradach a chuir d'fhear céile sa phríosún!"

Bhí John ina sheasamh in aice na leapa agus a chúl le Fiona. Gan focal eile rug sé ar ghruaig Rút agus stróic sé an léine síos chomh fada leis na géine a bhí uirthi. Scréach Rút.

"Dún do chlab, a bhitseach!" ar sé go fíochmhar agus chuir sé a lámh ar a béal. Bhí a gruaig á tarraingt aige leis an lámh eile.

Tharraing Rút uaidh agus dhruid John i dtreo Fiona. Bhí a lámh fós ar bhéal Rút. Chonaic sí Fiona taobh thiar de.

D'oscail a súile le hiontas nó le faitíos. Thuig Fiona go raibh a seans tagtha. Ní fhéadfaí smaoineamh ar cad a bhí le déanamh. Shlog sí le faitíos agus sháigh sí an scian i dtaobh John chomh láidir is ab fhéidir léi! D'fhág sí an scian ina chorp, gan iarracht ar é a thógáil amach arís. Rinne sé iarracht casadh ach ní fhéadfadh sé. Thit sé gan scaoileadh le Rút agus thit sise ar an urlár in éineacht leis. Ach nuair a bhuail sé an talamh sádh an scian níos doimhne ina chorp. Scian fhada chistine agus chuaigh an lann go feic ann. Phléasc fuil as an gcréacht. Scread Rút agus Fiona in éineacht! Thosaigh Rút ag fáire agus ag gáire.

"Mharaigh tú é! Ní chreidim é! Tar éis deich mbliana! Mharaigh stroinséair é! Táim saor!"

"Níl sé marbh," arsa Fiona. "Cá bhfuil Mark? Rút? Rút? Stop an gáire! Cá bhfuil Mark?"

Nuair nach bhfuair sí freagra uaithi, d'fhág Fiona an seomra leapa agus shiúil síos an pasáiste go dtí an seomra suite. Bhí Mark ina chnap ar an urlár. Rith sí chuige.

"Mark! Mark!"

Shuigh sí ar a gogaide ina aice. Chuir sí a lámh ar a mhuineál. Bhí sé beo ach créacht mhór ar a cheann. Bhí an t-urlár clúdaithe le fuil. Agus í ag éirí, lig Mark fuaim as.

"Rút? ... An ... an bhfuil?"

"Ná habair dada," ar sí. "Seo Fiona. Tá Rút go breá. Anois, fan socair agus glaoifidh mise ar na gardaí. Ní féidir liom a thuilleadh a dhéanamh anseo."

* * * * *

"Ní thuigim cén fáth nár inis tú dom," arsa Mark le Rút. Bhí siad ina suí san árasán cúpla lá ina dhiaidh sin. "Bhí faitíos orm dá mbeadh a fhios agat go raibh mé pósta, go n-imeófá," arsa Rút. "Bhí tú i gcónaí ag iarraidh orm tú a phósadh agus... agus ag caint ar pháistí ..."
Chuir sé a lámh thart uirthi.

"Is cuma faoi," a dúirt sé agus phóg í. "Is leatsa atá mé i ngrá agus ní le héinne eile."

"Ní féidir liom leanbh a bheith agam arís," arsa Rút.

"Dúirt mé leat gur cuma liomsa!" a d'fhreagair Mark. "Is leor domsa an bheirt againn. An bheirt againn le chéile i gcónaí."
Chuir Rút a lámha thart ar a mhuineál. Ach bhí amhras uirthi.